L'ART POÉTIQUE

DE BOILEAU

ET LES NOVATEURS

PAR

M. A. THÉRY

RECTEUR DE L'ACADÉMIE
MEMBRE TITULAIRE DE L'ACADÉMIE IMPÉRIALE DES SCIENCES, ARTS
ET BELLES-LETTRES DE CAEN

CAEN

TYP. DE F. LE BLANC-HARDEL, LIBRAIRE
RUE FROIDE, 2

1865

L'ART POÉTIQUE

DE BOILEAU

ET LES NOVATEURS

PAR

M. A. THÉRY

RECTEUR DE L'ACADÉMIE
MEMBRE TITULAIRE DE L'ACADÉMIE IMPÉRIALE DES SCIENCES, ARTS
ET BELLES-LETTRES DE CAEN

CAEN

TYP. DE F. LE BLANC-HARDEL, LIBRAIRE

RUE FROIDE, 2

—

1865

L'ART POÉTIQUE

DE BOILEAU

ET LES NOVATEURS.

_{MESSIEURS},

Je veux essayer de traiter devant vous un sujet littéraire, ancien et nouveau tout ensemble, qui aurait peu d'attrait pour les lecteurs de feuilletons, mais qui ne scandalisera pas une académie, où il n'y a qu'une puissance à laquelle on soit tenu de plaire : la conscience du vrai et du beau.

Dressons ensemble, si vous le voulez bien, un inventaire des préceptes contenus dans l'*Art poétique* de Boileau, pour voir s'il y en a qui soient restés debout, s'il y en a qui aient succombé sous les attaques et sous les exemples des romantiques et de leurs successeurs, les réalistes de nos jours.

Vous savez qu'en l'année 1823, une phalange hardie, indignée des timidités poétiques du siècle de Louis XIV, leva son drapeau. Parmi les combattants, dont plusieurs étaient de beaux-esprits, quelques-uns plus d'un, qui demandait la gloire à quelque grand poème, rencontrera peut-être la renommée dans un couplet.

Revenons à Boileau.

Le bon sens, la raison ; c'est la grande loi qu'il impose d'abord au poète. Il condamne les faux brillants, la recherche des détails inutiles ; l'incertitude du goût qui, pour corriger un défaut, se jette dans le défaut contraire ; l'ennuyeuse uniformité ; la bassesse du style, même dans les sujets les moins nobles ; l'emphase déclamatoire ; les cadences qui blessent l'oreille ; l'obscurité du langage qui résulte de l'insuffisance de la réflexion. Il veut que la langue soit toujours respectée, que l'écrivain se défie d'un travail rapide, et qu'il polisse lentement son ouvrage ; enfin que l'unité règne dans l'œuvre poétique. Son dernier conseil, dans ce premier chant, le plus important des quatre, c'est de choisir un ami sévère, qui ne pardonne aucune négligence, qui ne montre de complaisance pour aucun défaut.

Tous ces préceptes, Messieurs, ont-ils la même valeur? Je ne le pense pas, et je crois que plusieurs peuvent être modifiés selon les diversités de l'état social et du mouvement littéraire. Il est bien vrai que la solennité du grand règne a comprimé plus que de raison ce qui restait du génie gaulois, et que, Molière et La Fontaine à part, les grands écrivains du XVII° siècle se ressentent un peu trop de la majesté du monarque. Je ne suis pas très-disposé à croire qu'il faille sans cesse *polir* et *repolir* ses ouvrages. Cette poursuite obstinée de la perfection absolue risque fort d'éteindre et d'effacer l'imagination.

Mais, ces concessions faites aux novateurs, je maintiendrai contre eux, comme dictés par le goût et la sagesse même, les autres conseils du poète.

En vain attaquent-ils cette recommandation réitérée de donner toujours à l'œuvre poétique le cachet de la raison, sous prétexte que l'imagination en sera désarmée. La fantaisie vide et sonore peut amuser nos oreilles, mais ne descend pas profondément en nous, et le bon sens, loin de gêner l'imagination, lui communique assurément la solidité et la vie.

Il paraît commode d'épuiser les détails d'une description, d'un portrait, d'une scène d'intérieur, et d'illustres exemples, tels que celui de Walter Scott, semblent autoriser cette méthode facile. Il n'en est pas moins vrai qu'elle amène avec elle l'ennui et la fatigue, et que le lecteur le plus amoureux d'un livre saute sans scrupule plus d'une page où surabondent ces minutieux ornements.

J'admets qu'on ne s'effraie pas toujours du mot propre, et qu'on ne parle pas au public de nos jours avec ce choix d'expressions toutes générales que Boileau préfère et que prescrivait encore Buffon. La cour ne dicte plus à la ville ses arrêts littéraires, et la critique est devenue démocratique comme la société. Cependant, si nous parlons au peuple, que ce soit à la partie bien élevée du peuple. La bassesse du style n'est jamais un droit ; c'est un délit plus que littéraire, un véritable délit social.

On prendrait, si on l'osait, la défense de l'emphase, en alléguant qu'elle touche au sublime.

On se gêne moins à l'égard de la langue, qu'on traite comme une science incomplète, et qu'on veut enrichir de l'argot du vol, ou de ces barbarismes qui seuls peuvent exprimer les idées neuves de l'inventeur.

Quant à l'unité de l'œuvre poétique, on dédaigne cette unité palpable que Boileau réclame ; on la place dans les nuages, si haut et si loin qu'elle échappe aux faibles yeux des gens de goût.

Je ne dis rien de l'ami sévère dont Boileau nous parle à diverses reprises. Peut-être y a-t-il moins d'amis que de compères dans notre siècle, et il faut bien excuser les poètes qui ne réussissent qu'à rencontrer des admirateurs.

Repoussons donc, au nom de la raison, au nom de l'imagination, au nom du génie, au nom du goût, même du goût hardi et sans préjugés, ces recettes faciles proposées à la médiocrité ; ces primes offertes à l'esprit déclamatoire, à l'esprit commun et trivial ; aux contempteurs de notre belle langue ; à la paresse que fatigue le soin de l'ensemble et qui se perd mollement dans les détails. Sur tous ces points, donnons raison à l'*Art poétique ;* résistons aux sophismes de ses détracteurs.

Il me semble, Messieurs, que je mettrai plus d'ordre dans mes idées en rapprochant le quatrième chant du premier, et que je ferai par-là ce que le poète lui-même aurait dû faire.

De quoi s'agit-il, en effet, dans ce quatrième chant ?

D'observations générales, comme dans le premier ; de la nécessité d'éviter la froideur, d'écouter avec docilité la critique, de n'employer que de nobles images, expression d'un noble cœur. Toutes ces idées sont indiquées dans la première partie. Ce que nous rencontrons de nouveau dans la quatrième, c'est une permission brièvement accordée à l'art de franchir quelquefois les bornes prescrites, une sommation généreuse de travailler, non pour l'argent, mais pour la gloire, et, comme péroraison naturelle, un magnifique éloge du grand Roi.

Travailler pour la gloire ! ne pas se montrer affamé d'argent ! plus d'un réaliste contemporain, Messieurs, trouverait que Boileau en parlait bien à son aise ; que la vogue est plus lucrative que la gloire, et que, si le goût du public est aux émotions malsaines, un écrivain serait une franche dupe de préférer à une sympathie actuelle et productive les suffrages lointains de la postérité.

Parcourons maintenant, sans peser sur les détails, le second et le troisième chant de l'*Art poétique*.

Nous entrons ici dans les spécialités : et, tout d'abord, nous reprochons à Boileau, comme l'ont fait tous les critiques, son inconcevable oubli de la Fable et de La Fontaine. L'Opéra, peut-être en haine de Quinault, est également oublié. Enfin, il n'est pas question de l'Épître. Boileau, qui lui doit pourtant une partie de sa gloire, la regardait, sans doute, moins comme un genre que comme une simple forme poétique. Néanmoins, puisqu'il a mentionné l'Épigramme, l'Épître n'eût pas été indigne du même honneur.

Le second chant contient les règles de l'Idylle, de l'Élégie, de l'Ode, du Sonnet ; touche en passant l'Épigramme, le Rondeau, la Ballade, le Madrigal, s'arrête sur la Satire, et donne quelques vers au Vaudeville, non pas comme composition dramatique, mais à titre de chanson.

A l'Idylle Boileau attribue une élégante et gracieuse naïveté, également éloignée de la rusticité et de l'emphase. Quel que soit le charme des vers de Théocrite et de Virgile, le genre pastoral est si contraire à la nature, à moins de remonter jusqu'aux bergers problématiques de l'Age d'or, que je serais tout prêt à excuser la nouvelle école du peu de cas qu'elle en a fait.

Il n'en est pas de même de l'Élégie. C'est l'éternelle voix de la plainte qui s'exhale du cœur humain, frappé dans ses affections. Mais pourquoi donc Boileau ne reconnaît-il que les élégies amoureuses? Il veut que le cœur seul parle dans ce poème; mais n'est-ce pas le cœur qui doit parler dans toutes les douleurs?

Dans ses préceptes sur la poésie lyrique, notre législateur fait la partie trop belle aux romantiques, en permettant à l'Ode *un beau désordre*, qui est, dit-il, *un effet de l'art*. J'aurai la hardiesse de dire que ce mot *désordre* me déplaît, même corrigé par ce qui l'entoure. Il n'y a certainement pas de *désordre* dans les œuvres des grands lyriques; il y a un mouvement libre, une liaison d'idées plutôt que de mots. Leur style ne marche pas *au hasard*, comme le dit Boileau; il néglige les transitions lentes, mais son vol est réglé par la raison, que l'imagination anime et colore.

Que dirons-nous du Sonnet, si ce n'est que Boileau, trop voisin du puéril et célèbre duel des sonnets de Job et d'Uranie, a pris l'engouement de l'époque pour une admiration légitime, et que son goût, si sûr ordinairement, s'est trompé en consacrant plus de vingt vers à ce pauvre tour de force poétique, et en nous disant sérieusement que :

Un sonnet sans défaut vaut seul un long poème.

L'Épigramme n'est qu'une occasion pour le critique de défendre aux pointes l'accès de tous les genres, excepté celui-là, qui est sans importance à ses yeux.

Le Rondeau, la Ballade et le Madrigal obtiennent de lui ce qu'ils méritent, c'est-à-dire un jugement rendu comme par grâce, en courant. Vous savez, Messieurs, que les novateurs ont fait bon marché du rondeau et du madrigal, qui appartiennent au temps de la galanterie raffinée. Au contraire, ils ont tenté de réhabiliter la ballade, qui prête à la fantaisie, et qui s'accommode du vague et de l'étrangeté.

Pour ce qui est de la Satire, Boileau exige qu'elle conserve *un esprit de candeur*. C'est une condition que n'a pas acceptée l'école moderne. La crudité du nom propre et la violence des invectives lui ont paru beaucoup plus dignes d'elle que les critiques décentes et les traits piquants sans être injurieux.

Le Français, né malin, créa le Vaudeville.

Cet excellent vers est tout ce qui reste du rapide jugement porté par le poète sur un genre qu'il paraît confondre avec la Chanson.

Je n'ai plus, Messieurs, qu'à vous entretenir du troisième chant, où Boileau trace les règles de la Tragédie, de l'Épopée et de la Comédie.

C'est à la tragédie que s'est attaquée surtout, il y a quarante ans, la grande insurrection dramatique, et Boileau, avec Racine, a porté le poids de l'invasion.

Voyons donc ce que demandait le maître, ce que lui refusaient les révoltés, et tâchons de faire équitablement, s'il y a lieu, la part de leurs défaites et de leurs conquêtes.

Boileau commence noblement par poser une règle féconde. Il faut que l'auteur tragique remue la passion ; qu'il excite la terreur ou la pitié. Une froide logique endormira le spectateur.

Y avait-il dans ce précepte une intention cachée de critiquer le théâtre de Corneille, où le raisonnement tient beaucoup de place, et où l'admiration, ce troisième ressort tragique, s'ajoute à la terreur et à la pitié ? Il se peut que l'ami de Racine ait eu ce type devant les yeux. Convenons cependant que, sauf les exceptions de génie, la pitié et la terreur seront toujours les moyens tragiques par excellence.

On attribue encore au même sentiment les vers énergiques dans lesquels le poëte recommande la clarté de l'exposition. Il est vraisemblable que le début confus d'*Héraclius* était présent à sa pensée.

Mais nous voici arrivés au champ de bataille. Les trois unités de lieu, de temps, d'action ! Voilà le grief de l'école moderne contre Aristote, Horace, Corneille, Racine et Boileau :

« Quoi ! le poëte tragique s'emprisonnerait dans ces liens pédantesques ! Il se mettrait à lui-même de telles entraves ! Quoi ! si l'émotion, la passion, la vérité poétique gagnent à un changement de lieu, à une prolongation du temps, à une variété d'actions attachante, il faudra, par respect pour une prescription littérale et surannée, étouffer le géant qui eût grandi en liberté ! Sus donc aux trois unités ! Qu'elles cèdent la place à l'unité réelle, à la seule vraie, à l'unité d'intérêt ! »

Et le théâtre romantique s'est mis à l'œuvre, et nous avons vu ses héros voyager dans l'espace et dans le temps, et entrecroiser les fils de diverses intrigues dans un chaos rempli de mouvement plus que de lumière.

Il a fait plus, toujours au nom de cette liberté que Boileau, dans son incorrigible manie, veut obstinément régler par la raison. Il a prétendu, à l'exemple de l'Angleterre, confondre les deux genres tragique et comique, et faire succéder, dans une même pièce, les éclats de la bouffonnerie à ceux de la passion. Boileau n'avait pas songé à défendre ce mélange, et, s'il y avait songé, c'eût été un grief de plus.

Pour les unités, n'exagérons rien. Concédons, dans une certaine mesure, que l'unité de temps et l'unité de lieu ne soient pas des conditions rigoureuses. Le théâtre grec ne les a pas toujours observées, et nous abandonnons l'accusation à cet égard.

Mais nous ne serons pas aussi facile pour l'unité d'action. Ce qu'on appelle l'unité d'intérêt autorise des conceptions monstrueuses et des fractionnements à l'infini. Que votre imagination varie les moyens ; qu'elle vous fournisse même des actions diverses, habilement liées entre elles, comme dans l'*Andromaque* de Racine ; mais qu'il y ait toujours une action dominante à laquelle tout se rattache, une clef de voûte où toutes vos grandes pièces d'architecture convergeront et viendront aboutir.

La vraisemblance, le renoncement aux spectacles qui blessent les yeux, la gradation, l'étude fidèle des caractères et des mœurs, la bienséance, l'accord d'un caractère avec lui-même, l'harmonie du langage et des sentiments : telles sont encore les règles sages que Boileau trace à l'auteur tragique.

Le théâtre moderne prétend suivre la loi de l'intérêt progressif, reproduire avec plus de fidélité qu'autrefois les mœurs et les caractères, faire cadrer d'une manière plus exacte les sentiments et l'expression. Il n'accepte sur tous ces points l'autorité de Boileau qu'en se proclamant plus compétent, plus éclairé par l'expérience que le vieux critique du XVIIᵉ siècle. Mais, pour la vraisemblance, l'attention à reculer des yeux les actions dont le récit pourrait suffire, les lisières gênantes de la bienséance, l'accord d'un caractère avec lui-même, il déclare tous ces préceptes contraires à la nature, et se pique fièrement de les violer au profit de l'art.

Pour l'Épopée, j'aurais peu de chose à dire, si je ne rencontrais la question du merveilleux chrétien, que Boileau proscrit sans pitié, et j'oserai dire sans raison suffisante. Comment condamner un moyen dont Milton, le Tasse, Klopstock, Chateaubriand ont tiré de si sublimes effets ?

Choisir un héros intéressant, dont le nom même ne soit pas bizarre ; ménager les incidents, débuter avec simplicité, animer le tout par des mouvements et des images, éviter les détails bas et inutiles ; voilà les conseils que Boileau offre au poète épique, et, comme les tentatives en ce genre ne sont pas nombreuses, ces avis n'ont guère trouvé de contradic-

teurs. Les poètes contemporains préfèrent, sans
doute, à une machine si compliquée, des aspirations
indécises, des légendes racontées avec enflure, aussi
longues peut-être que des épopées ; mais ils n'ont
pas fait ouvertement la guerre aux règles du genre ;
ils le rangent silencieusement parmi les ruines du
temps passé.

Reste enfin la Comédie, que Boileau, on ne sait
pourquoi, a séparée de la Tragédie par l'Épopée. Il
en parle succinctement, pour recommander l'étude
de la nature, l'observation des caractères, des habi-
tudes de la cour et de la ville, la raison surtout, la
raison, qu'il préconise toujours, et dont il étend par-
tout le domaine.

S'il a oublié d'interdire l'élément comique dans la
tragédie, il n'omet pas d'exclure de la comédie l'élément tragique. Il n'a pas prévu le drame ni la tragédie modernes ; mais il a prévu la comédie lar-
moyante, et nos poètes ont fait bon marché de ses
anathèmes. Quant à l'observation, ils l'ont perfection-
née, disent-ils, en multipliant les nuances. Ce n'est
plus même un caractère qu'on peint aujourd'hui sur
la scène, à quelques glorieuses exceptions près ; c'est
un accident de l'esprit, une manie personnelle, un
travers de circonstance ; ce sont des épreuves infini-
ment réduites et souvent à demi effacées des modèles
que Boileau avait sous les yeux.

Notre excursion est terminée, Messieurs ; qu'en
avons-nous recueilli pour la pratique ? Si je ne me
trompe, nous avons accordé aux novateurs quelques
points secondaires ; nous avons franchement signalé
des erreurs ou des lacunes dans l'œuvre admirable de

Boileau ; mais nous avons maintenu fermement tout ce qu'elle renferme de sensé, de vrai, d'ingénieux. Nous avons dit implicitement, et nous allons répéter en termes formels, que l'*Art poétique* est et restera le Code du bon sens appliqué aux travaux d'imagination. Puissent nos contemporains consulter plus souvent l'oracle ! Ses réponses tourneront au grand avantage de l'art et de tous ceux qui sont dignes de le cultiver.

Caen, typ. F. Le Blanc-Hardel.